concepció gràfica
i disseny de la col·lecció:
clase

Primera edició: maig del 2002
Segona impressió: maig del 2003

Maquetació: Montserrat Estévez

© **Xavier Carrasco i Nualart**, 2002, pel text
© **Sebastià Serra**, 2002, per les il·lustracions
© **La Galera, SA Editorial**, 2002, per aquesta edició en llengua catalana

Edició: Xavier Carrasco
Coordinació editorial: Laura Espot
Direcció editorial: Xavier Blanch

La Galera, SA Editorial
Diputació, 250 – 08007 Barcelona
www.editorial-lagalera.com
lagalera@grec.com
Imprès a Índice, SL
Fluvià, 81 – 08019 Barcelona

Dipòsit Legal: B-11.179-2003
Imprès a la UE
ISBN 84-246-1489-5

laGalera popular

La nit de Sant Joan

conte de Xavier Carrasco

il·lustracions de Sebastià Serra

Ha arribat la vigília de Sant Joan, que és el dia del sant del Sol, la Festa Major del cel.

Ja fa unes quantes setmanes que el dia s'allarga més i més, i comença a fer calor de debò.

El Sol vol saber si la gent es prepara com cal per un dia tan important i envia un follet a la Terra per comprovar-ho.

El follet arriba a un poble del camp i s'acosta a una masia.

A veure com es preparen els avis d'aquesta casa per la festa. Ja se sap, els avis són els que tenen més seny.

Però el follet es troba que els avis de la casa no hi són: han anat al camp a buscar herbes.

Que estrany!

El follet pensa que és millor anar a veure què fan les noies de la casa. Però tampoc les troba.
Han anat a la font a buscar aigua.
Que curiós!

No hi ha els avis ni les noies.

🐾Potser serà millor que vagi cap al poble.

El follet arriba al forn i vol veure com es preparen per la festa. Però allí hi ha tot de gent que en lloc de fer festa estan molt enfeinats, i també veu piles d'ous, de farina, de sucre, de pinyons, de fruites confitades...

🐾Quina gana!

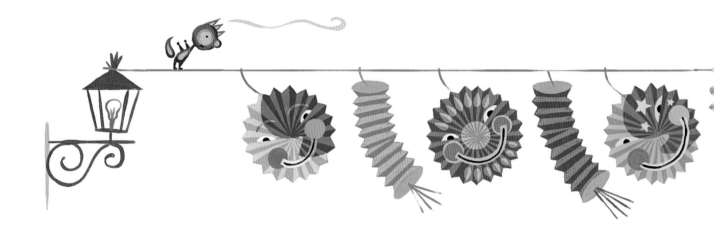

El follet surt al carrer i busca els nens.

Aquests sempre estan a punt per jugar i fer festa.
Però es troba que els nens no corren amunt i avall
ni salten ni s'empaiten. Estan enfilats penjant garlandes
de banderetes i papers de colors.

Que bonic!

J a comença a pensar que ningú està per la festa.

🐾 Ai el Sol quan ho sàpiga! Tothom està enfeinat...

Decideix anar a veure què fan els nois.

Els nois són llestos i segur que saben què s'ha de fer.

I els troba que entren i surten de les cases carregats amb tot d'andròmines i carretejant fustes i mobles vells: taules i cadires, penja-robes i fins i tot un armari!

🐾 Que cansat!

Decideix seguir-los fins a la plaça i allà es troba
una altra sorpresa, encara més estranya per ell:
els nois es dediquen a amuntegar totes aquelles fustes
i aquells trastos en una gran pila al mig de la plaça.
Que alta que és!

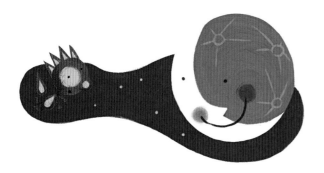

El follet ja ha vist prou coses estranyes. Està amoïnat
perquè veu que tothom té molta feina i ningú pensa
en la revetlla de Sant Joan, la festa del Sol i del cel.
Decideix anar a veure la Lluna, que és sàvia,
per explicar-li les coses que passen.

— Els avis han anat a buscar herbes!

— És clar. Tothom sap que les herbes collides la nit
de Sant Joan tenen poders màgics. Per això hi han anat.

Ara ho entén, el follet.

— I les noies han anat a buscar aigua a la font!

— Ben fet. Si et rentes la cara la nit de Sant Joan tindràs bellesa i salut tot l'any. I a més l'aigua recollida aquesta nit cura les malalties i les ferides.

🐗 Ah! Però la gent del poble estan tots enfeinats barrejant ous i sucre i pinyons i fent unes potineries!

🐸 Fan coca. La nit de Sant Joan s'ha de menjar coca, és una part molt important de la festa! I molt bona!

El follet pensa que sí, que feia molt bona olor.

— Molt bé, però què fan els nens del poble enfilats penjant papers de colors?

— Pengen garlandes per guarnir la plaça on faran la festa. Segur que hi faran ball!

— Em sembla que no, perquè al mig de la plaça hi han plantificat una pila altíssima de fustotes i trastos. No s'hi pot fer res, en aquella plaça!

La Lluna somriu i pensa que aquell galifardeu
encara ha d'aprendre moltes coses.

 Doncs aquesta és la part més important
de la festa. Les persones celebren la nit
de Sant Joan, la nit més curta de l'any,
una nit màgica en què pot passar qualsevol cosa,
encenent grans fogueres. Encenent una foguera
i ballant-hi al voltant es protegeixen
de les desgràcies i a més fan un homenatge
al rei del cel, el Sol, en el dia més llarg de l'any.

Que estrany! Que curiós! Que bonic!

laGalera popular